L'AMOUR *CASTILLAN.*

ACTE PREMIER.

SCENE PREMIERE.

LAZARILLE *seul.*

ALSAMBLEU, la drôle de ville !
On ne fait nulle part l'amour comme à Seville.
On ne sait qui l'on aime, & qui l'on a charmé.
Oui, par exemple, moi, j'aime & je suis aimé,
Au diable si je sais quelle est cette femelle....
Puisqu'elle ose m'aimer il faut qu'elle soit belle ;
Sans l'avoir vûe enfin je sens qu'elle me plaît.

SCENE II.

BEATILLE, LAZARILLE.

BEATILLE, *avec une mante & masquée.*

à part.
QU'IL ne découvre pas que je suis Beatille.

LAZARILLE.

Est-ce mon inconnue? Oui, tout mon sang pétille,
Si c'est elle, oh, parbleu, je saurai ce que c'est,
C'est faire trop long-temps l'amour à l'aveuglette,
Voyons si le minois mérite la fleurette,
Et débutons du moins par le plaisir des yeux.

BEATILLE *à part.*

Tout me paroît ici solitaire & paisible.
Haut.
Est-ce toi, Lazarille?

LAZARILLE.

Oui, déesse invisible,
C'est moi qui meurs toujours d'amour pour toi.

BEATILLE.

Tant mieux,
Ton maître est-il ici?

LAZARILLE.

Non, je suis en vacance,
Et je n'ai que toi seule à servir à présent.

BEATILLE *lui donnant une corbeille.*

Dans son appartement tu mettras ce présent.

LAZARILLE.

Encore? Eh, mais le bien lui vient sans qu'il y pense,
Pour le Seigneur Gusman l'amour est un Perou.

BEATILLE.

Aimerois-tu l'argent?

L'AMOUR CASTILLAN,

COMEDIE EN TROIS ACTES,

EN VERS,

AVEC UN DIVERTISSEMENT,

De Monsieur NIVELLE DE LA CHAUSSÉE, *de l'Académie Françoise.*

Représentée pour la premiére fois, par les Comédiens Italiens, Ordinaires du Roi, le 11. Avril 1747.

A PARIS,
Chez PRAULT Fils, Libraire, Quai de Conti, vis-à-vis la descente du Pont-Neuf, à la Charité.

M. DCC. XLVII.
[Av]ec Approbation & Privilége du Roi.

ACTEURS.

AURORE, *sous le nom de Mendoce.*

DOM LOPE, *sous le nom de Gusman.*

BEATILLE, *Suivante d'Aurore.*

LAZARILLE, *Valet de Dom Lope.*

ARLEQUIN, } *Spadassins.*
SCAPIN, }

ECUYERS, CHANTEURS & DANSEURS.

La Scene est à Séville, dans un Hôtel.

LAZARILLE.

Presque autant que toi-même,
C'est dire assez que j'en suis fou.

BEATILLE.

Tiens, voilà dix ducats.

LAZARILLE *les recevant.*

Ah! grands dieux! que je l'aime!
Mais seroit-ce là tout ?

BEATILLE.

Eh, pourroit-on savoir
Ce qu'il te faut de plus ?

LAZARILLE.

Le plaisir de te voir,
Et d'envisager ma conquête.

BEATILLE.

Le temps n'est pas venu.

LAZARILLE.

Je ne puis, au surplus,
T'aimer pour tes beaux yeux qu'après les avoir vûs.
Quant à moi, me voici des pieds jusqu'à la tete,
Tiens, contemple, admire à loisir.

BEATILLE.

Je pourrai quelque jour te faire ce plaisir.

LAZARILLE.

Comment donc, quelque jour? Quel est ce radotage?
Mignonne, les délais ne me vont point du tout;
Qu'on ne me fasse pas valeter davantage.

BEATILLE.

Il faudra pourtant bien attendre jusqu'au bout.

LAZARILLE.

Si je suis à ton gré, comme cela doit être...

BEATILLE.

Les valets sont toujours les singes de leur maître.
Les amans d'aujourd'hui sont tous de grands fripons;
On ne peut avec eux prendre trop de mesure.

LAZARILLE.

Tu parles comme un livre. A cela je réponds:
Les rigueurs ne sont pas la preuve la plus sure,

La douceur en fait plus que la sévérité.
De la beauté la plus farouche
La véritable épreuve est la pierre de touche ;
Pour nous connoître à fond, il faut nous rendre heureux,
Et plûtôt que plus tard.

BEATILLE.

à part. Je ne suis pas si prompte.
Sachons un peu comment il pense sur mon compte.
Haut.
Je ne m'éloigne pas de me rendre à tes vœux ;
Mais qui me répondra que l'ami Lazarille
N'en dise pas aussi deux mots à Beatille ?

LAZARILLE.

Puisque tu la connois, toi-méme juges-en.
Puis-je être le héros d'un lugubre roman ?
Si l'amour n'est joyeux je n'y trouve aucun charme,
J'aime pour être gai, non pas pour soupirer ;
Serviteur à l'amour qui me feroit pleurer,
Pour éteindre mes feux il ne faut qu'une larme.
Je veux qu'un doux espoir naisse avec mes desirs,
Et dès que j'aime, au moins, commencent mes plaisirs.

BEATILLE.

Cette façon d'aimer est nouvelle & commode.

LAZARILLE.

Aussi l'a-t-on mise à la mode,
Et voilà ce qui fait que je brûle pour toi.

BEATILLE.

Beatille est pourtant assez digne . . .

LAZARILLE.

Elle est . . .

BEATILLE.

Quoi ?

LAZARILLE.

Prude, & ce défaut-là suppose tous les autres.
Laissons-là sa conquête. En un mot, comme en cent,
Elle n'aura jamais l'honneur d'être des nôtres.

BEATILLE *à part.*

Cachons-lui le dépit que mon cœur en ressent.

Haut.

Mais tu veux avec moi faire le politique ;
Tu crois à ses dépens me faire mieux ta cour.

LAZARILLE.

Non. Le diable la puisse emporter sans retour.

BEATILLE.

Tu la hais donc beaucoup ?

LAZARILLE.

Oui, parbleu, je m'en pique ;
Mais, bref, quoiqu'il en soit, laissons-là pour toujours
Cette espéce austere & sauvage ;
Ne m'en parle jamais.

BEATILLE.

A merveille. *à part.* J'enrage.
Haut. Eh bien, pour changer de discours,
Comment me crois-tu, là ?

LAZARILLE.

De mille attraits pourvûe.

BEATILLE.

Tu n'as donc pas besoin du secours de la vûe ?

LAZARILLE.

La vûe est cependant l'aliment des amours,
Il faut bien les nourrir d'une façon ou d'autre ;
Mais, ma belle, entre-nous, quelle idée est la vôtre,
De vouloir être aimée en cachant vos appas ?
Le masque n'enlaidit personne,
Mais il devroit tomber, lorsque l'amour l'ordonne.

BEATILLE.

Modere tes transports, & ne t'échauffe pas.

LAZARILLE *voulant lui ôter son masque.*

Du plaisir de te voir régale ma tendresse,
C'est le moins que l'on doive à l'ardeur qui me presse.

BEATILLE *lui donnant un soufflet.*

Prens toujours cet à compte. Adieu,
Je pourrai te payer le reste en temps & lieu.

SCENE III.

LAZARILLE *seul.*

QUe veut dire ceci ? Quel démon la posséde?
Oh, par ma foi, je suis au bout de mon rollet.
De l'amour, des rigueurs, dix ducats, un soufflet...
Les voici bien comptés ; ma joue est encor tiéde.
Mais aussi je suis fou d'aller m'amouracher
D'une invisible peronnelle,
Qui doit avoir raison de se cacher,
Lorsque j'ai sous la main dequoi me passer d'elle.
Pourquoi donc ? Beatille a tout ce qu'il me faut ;
C'est véritablement une prude revêche,
Un dragon de vertu ; mais elle est jeune & fraîche ;
Il faut bien leur passer quelque petit défaut.
Beatille reparoît sans mante & sans masque.
La voici, débutons, ma harangue est dressée.
Appercevant Mendoce.
Peste du freluquet, si jamais il en fut,
Qui vient, mal à propos, retarder mon début.

SCENE IV.

AURORE *en Cavalier Castillan, un bras en écharpe,* BEATILLE.

BEATILLE.
AH ! ma chere maîtresse ! eh, vous êtes blessée...
AURORE.
Non, mais j'en fais semblant pour des raisons que j'ai.

BEATILLE.

Autre folie.

AURORE.

As-tu songé
A ma commission ? Est-ce fait, Beatille ?

BEATILLE.

Vraiment, oui, j'ai remis le tout à Lazarille.

AURORE.

Mais as-tu bien pris soin qu'il ne te connut point ?

BEATILLE.

Allez, vous pouvez être en repos sur ce point.

AURORE.

Tu me parles d'un ton...

BEATILLE.

Eh, puis-je en prendre un autre?
Aurore...

AURORE.

Eh, laisse-là mon nom. Mais, voyons, quoi ?
Quelle mauvaise humeur t'anime contre moi ?

BEATILLE.

La même, en vérité. Quelle vie est la vôtre,
Et quel train mene-t-on dans ces lieux? J'en rougis;
Ici bétes & gens sont tous sur la litiére,
Et le sommeil, de rage, a quitté ce logis;
Il n'y faut plus penser à fermer la paupiére.
Ce ne sont qu'instrumens de toutes les façons,
Des violons, des cors, des hautbois, des bassons,
Et le jour & la nuit se disputent la gloire,
D'étourdir les voisins qui sont désespérés,
Sans y compter encor des gosiers altérés,
Qui sont toujours ouverts pour chanter & pour boire.

AURORE.

Ce sont tous des gens à talens,
De bons Musiciens, des Danseurs excellens,
Qu'il m'est permis, je crois, d'avoir à mon service.
Ma fortune est immense, il faut que j'en jouisse ;
D'ailleurs j'aime beaucoup tous ces jeux innocens.

BEATILLE.

Pour tout ce qui vous plaît, tout y va, rien n'y manque.
Sur mon ame, on vous prend pour quelque ſaltimbanque,
Qui s'en vient établir un théâtre céans.

AURORE *riant.*

Mais tu ferois fort bien le rôle de Duegne.

BEATILLE.

Je ne vous connois plus, ſouffrez que je m'en plaigne.

AURORE.

Volontiers, & je t'offre un accommodement,
Et qui pourra nous plaire également.

BEATILLE.

Ce ſera mon congé, ſans doute.

AURORE.

Non, non, tu m'es trop chere. Ecoute.
Moi, je te laiſſerai t'exhaler nuit & jour,
Et comme il me plaira tu me laiſſeras vivre;
Car je ne prétens plus avoir de loix à ſuivre
Que celles des plaiſirs & celles de l'amour.

BEATILLE.

L'amour n'a point de loix, il n'a que des caprices.

AURORE.

Ah, peut-on le traiter avec tant d'injuſtices?
Le croiras-tu toujours le plus grand des malheurs?
Tu ne le connois point, il t'eſt antipathique.
Avec ton préjugé gothique,
Tu n'y vois que chagrins, tu n'y vois que douleurs.
Quant à moi, je ſoutiens, & devant le plus ſage,
Qu'il n'eſt rien de plus doux que d'aimer à ſon tour,
Et qu'à l'âge où je ſuis, & peut être à tout âge,
C'eſt être ſans raiſon que d'être ſans amour.
En un mot, je ſuis libre.

BEATILLE.

Et folle, mais qu'y faire?

AURORE.

Mais, quand on a formé les liens les plus doux...

BEATILLE.

Il faut donc s'y tenir.

AURORE.

Qui te dit le contraire ?

BEATILLE.

Et cet amant ſecret, qui s'eſt perdu pour vous,
En vous affranchiſſant d'un hymen déplorable,
Où vous auroit contrainte un pere inéxorable,
Que lui ſert d'avoir eu, dans un combat fatal,
Le funeſte bonheur d'immoler ſon rival ?
Que ferez-vous de lui ?

AURORE.

Comment ? Qu'oſe-tu croire ?

BEATILLE.

Que les abſens ont tort, & ſur-tout en amour ;
Car il a pu compter, pour prix de ſa victoire,
Qu'il vous épouſeroit un jour.
Le trépas imprévû d'Henrique votre pere
Confirmoit à Don Lope un eſpoir ſi flatteur,
Mais cet homme, entre-nous, ne vous touche plus guere.

AURORE.

Dom Lope, je le ſais, fut mon libérateur.

BEATILLE.

Vous vous traveſtiſſez, vous courez chaque ville
Pour le rejoindre, & dans Séville
Le premier Cavalier lui vole votre cœur ;
Car Guſman eſt votre vainqueur.

AURORE.

Il eſt très-certain que je l'aime.

BEATILLE.

Eh, ne voilà-t-il pas votre inconſtance extrême.
Je n'ai jamais connu votre premier amant,
Si je prens ſon parti c'eſt gratuitement ;
Mais de quel homme ici vous êtes vous frappée ?
D'un franc aventurier, Cavalier ſoi diſant,
Qui vous a faſciné les yeux comme un enfant,
Et qui n'a, tout au plus, que la cape & l'épée.

AURORE.

Tu pourrois un peu mieux me parler de Gusman.

BEATILLE.

Il vous ruinera, c'est le soin qui l'occupe,
Car tout son patrimoine est le cœur d'une dupe,
Vous pourriez payer cher votre second Roman.

AURORE.

Et si je te disois que Gusman est Dom Lope ?
C'est ce qu'il faut enfin que je te développe.

BEATILLE.

Quoi, c'est-là ce Dom Lope ?

AURORE.

Oui.

BEATILLE.

Lui ? Quoi, le patron
De ce coquin de Lazarille ?

AURORE.

Assurément, & pourquoi non ?
Obligé de s'enfuir du sein de sa famille,
Il a changé de nom.

BEATILLE.

Mais enfin, si c'est lui,
Il vous est bien connu, ce n'est pas d'aujourd'hui.
Cependant il s'adonne à certaine Isabelle,
Il y va tous les jours, & vous est infidéle.

AURORE *soupirant.*

Infidéle, il est vrai... Mais je compte pourtant
L'arracher à l'objet de son indigne hommage.

BEATILLE.

Vous sied-t-il de courir après un inconstant ?

AURORE.

En est-on moins charmant pour être un peu volage?
Va, si chaque infidélité
Otoit à la beauté le moindre de ses charmes,
Elle seroit bientôt sans armes ;
Mais, par bonheur pour elle & pour l'humanité,
On peut changer sans risque. Il paroît au contraire,
Que l'inconstance donne encor plus de quoi plaire :

Mais, entre-nous, il n'eſt volage qu'à demi,
Par pur amuſement ; & je te dirai même
Qu'il ne me connoît pas ; il me croit un ami.

BEATILLE.

Quoi, vous fûtes l'objet de ſa tendreſſe extrême,
Et lorſqu'il vous retrouve, il ne vous connoît pas?

AURORE.

Il ne m'a jamais vûe.

BEATILLE.

Oh, tout ceci me paſſe.
Il ne vous vit jamais... Expliquez-moi, de grace,
Par où ſon cœur devint épris de vos appas,
Comment il vous rendit les armes ?
Car vous avez eu l'art de vous cacher ſi bien
Que moi, qui vous veillois, je ne ſoupçonnois rien.

AURORE.

Je paſſois dans Madrid pour joindre à quelques charmes,
De l'eſprit, des talens ; ſoit qu'on eût tort ou non,
Ce bruit vint juſqu'à lui.

BEATILLE.

Quel malheur !

AURORE.

Au contraire ;
Dès-lors il ne ceſſa, pour tâcher de me plaire,
De paſſer à toute heure au bas de mon balcon ;
Je le vis, il me plût.

BEATILLE.

Mais quelle frénéſie...

AURORE.

C'eſt ainſi que tous deux nous prîmes de l'amour
A travers d'une jalouſie,
Toujours pendant la nuit, & jamais en plein jour.

BEATILLE.

Quoi, jamais autrement il n'a pu vous connoître ?

AURORE.

Non. Dès que tu dormois, j'allois à ma fenêtre,
Dom Lope étoit au bas, il n'y manquoit jamais,

Nous nous entretenions tout bas l'un avec l'autre ...
Quel plaisir ! Quel bonheur ! Quel charme étoit le nôtre !
A m'entendre chanter il trouvoit mille appas.

BEATILLE.

Et vous me trompiez donc avec ce beau ramage ?

AURORE.

Va, c'étoit de bon cœur.

BEATILLE.

Ah, les maudits oiseaux !
On a beau les tenir étroitement en cage,
L'amour passe toujours à travers les barreaux.

AURORE.

Voilà précisément l'amour tel que je l'aime ;
Je le veux traversé, contrarié, contraint,
Que de mille terreurs il soit sans cesse atteint,
Qu'il ait toujours tout prêt un secret stratagéme,
Un détour, une ruse impossible à prévoir,
Pour tromper les argus & braver leur pouvoir ;
Il n'est amour qu'autant qu'il se rit des obstacles
Que l'on oppose à ses desirs ;
Je ne le reconnois pour le dieu des plaisirs,
Qu'autant qu'en leur faveur il produit des miracles.

BEATILLE.

Mais enfin ce roman ...

AURORE.

Je m'en vais l'achever ;
Mais il me reste encor des mesures à prendre.

BEATILLE.

Et qui sont ?

AURORE.

J'ai voulu, puisqu'il faut te l'apprendre,
Me rendre son ami pour le bien éprouver ;
Sous ce titre emprunté, sous l'habit qui me cache,
Je puis bien mieux sans qu'il le sçache,
L'étudier à fond, & lire dans son cœur.
L'amant le plus sincere, aux yeux de son vainqueur,
Cache, ou masque toujours un peu son caractere.

On ne se connoît bien que lorsqu'il n'est plus temps,
C'est ce qui fait tant d'inconstans.
Mais entre amis l'on est sans voile & sans mystere,
Le naturel paroît & se montre au grand jour,
Nuls dehors affectés ne sont mis en usage,
On ne farde pas plus son cœur que son visage,
C'est pourquoi l'amitié dure plus que l'amour.

BEATILLE.

Mais qu'en resulte-t'il ?

AURORE.

Que je suis enchantée.

BEATILLE.

Mais au fond de son ame on vous a supplantée.

AURORE.

Oui, mais cette rivale a près de quarante ans.

BEATILLE.

Eh bien, attendrez-vous qu'elle ait la cinquantaine ?

AURORE.

Non, je ne compte pas attendre si long-temps.

BEATILLE.

Ses charmes sont usés, son automne est prochaine ;
Mais enfin à cet âge une femme souvent
Sait mieux se faire aimer qu'une tête à l'évent.
Quand ces coquettes surannées
Ont au cœur d'un jeune homme attaché le grapin,
Cela tient comme un diable, on n'en voit pas la fin.
L'amour s'amuse-t'il à compter les années ?

AURORE.

Il n'importe, un moyen m'a déja réussi.

BEATILLE.

Comment le voulez-vous détacher d'Isabelle ?

AURORE.

Je m'en suis fait aimer aussi.

BEATILLE.

Comment, d'Isabelle !

AURORE.

Oui, je la rens infidéle.
Qui ne s'attraperoit à mon air cavalier ?

BEATILLE.

Il faut, ma foi, jetter au feu le protocole,
Les filles d'aprésent n'ont plus besoin d'école,
Elles ont dans leur manche un démon familier.

AURORE.

Va, ce ne sont pas-là de si grandes merveilles,
Et l'on feroit à moins vingt conquêtes pareilles;
L'interêt qui la guide est son moindre défaut,
Et j'ai payé son cœur cent fois plus qu'il ne vaut.
Quant à Gusman, je vais, par un coup de ma tête,
L'ôter à ma rivale aujourd'hui sans retour.

BEATILLE.

Comment?

AURORE.

En lui prouvant, mais plus clair que le jour,
L'indignité de sa conquête.

BEATILLE.

Sans doute qu'il s'amuse à voir
Ces présens qu'à l'instant il vient de recevoir.

AURORE.

Il ignore de qui. * ... Va-t'en, sans qu'il te voie.
J'aurai besoin de toi, dès qu'il sera sorti.

* Elle met son bras en écharpe.

SCENE V.

AURORE, GUSMAN.

GUSMAN.

BON jour, il faut ... ceci modere un peu ma joie.
Vous vous étes battu sans m'avoir averti,
Mendoce, pouvez-vous m'avoir fait cette injure?
J'ai crû que vous m'aimiez, & cela me confond.

AURORE.

AURORE.

Je n'ai pas eu besoin de prendre de second.

GUSMAN.

Mais vous êtes blessé.

AURORE.

Ce n'est rien, je vous jure,
Et le mal ne vaut pas la peine d'en parler.
Vous m'avez abordé d'un air qui me fait croire
Qu'il vous est arrivé quelque nouvelle histoire,
Et vous veniez m'en regaler.

GUSMAN.

Il est vrai, je suis plein de ma bonne fortune.

AURORE *à part.*

Je la sais comme lui, puisque j'en suis l'auteur.

GUSMAN.

Il faut qu'absolument je vous en importune.

AURORE.

Vous ne sauriez me faire un récit plus flatteur.

GUSMAN.

Une affaire d'honneur, dont je craignois la suite,
Pour laquelle j'étois vivement poursuivi,
Et qui m'avoit contraint à prendre ici la fuite....

AURORE.

Qu'en est-il arrivé ?

GUSMAN.

Qu'on m'a si bien servi,
Qu'enfin elle est accommodée,
Que ma grace m'est accordée :
Parmi quelques présens d'assez grande valeur,
Qu'on vient de m'envoyer, j'en ai trouvé la preuve.

AURORE.

Eh, qui soupçonnez-vous ?

GUSMAN.

J'en soupçonne une veuve
Dont le cœur s'est trouvé sensible à mon malheur.

AURORE.

Et que vous aviez mise en cette confidence ?

GUSMAN.

Non, j'ignore comment elle a pû le ſavoir,
Car je le lui cachois par excès de prudence,
Et je ne comprens pas qu'elle ait eu le pouvoir
De terminer ainſi mon infortune extrême ;
Je ne lui croyois pas grand crédit à la Cour.
De quoi ne vient-on pas à bout lorſque l'on aime ?
Ce ſont-là des coups de l'amour.

AURORE.

Ainſi vous imputez à cet objet ſi tendre
Le ſervice important que l'on vient de vous rendre ?

GUSMAN.

Mais, ſans difficulté, cela n'eſt point douteux.

AURORE.

Vous croyez que ſon cœur eſt aſſez généreux....

GUSMAN.

Sa généroſité ne m'eſt que trop connue,
J'en ai plus d'une fois reſſenti les effets
J'en ai reçû mille bienfaits,
Puiſqu'il faut vous le dire.

AURORE.

Eſt-elle convenue
Quelquefois avec vous de cette vérité ?

GUSMAN.

Elle y laiſſe toujours certaine obſcurité,
Mais on voit à travers....

AURORE.

La choſe eſt entendue ;
C'eſt-à-dire que la façon,
Dont elle s'en eſt défendue,
Vous a ſuffiſamment confirmé ce ſoupçon.

GUSMAN.

Oui, mon cher.

AURORE, *à part.*

Ah, peut-on avoir l'ame ſi baſſe !

GUSMAN.

Je dois vous avouer que ſa profuſion
M'a fait moins de plaiſir que de confuſion,

AURORE.

Pourquoi donc ?

GUSMAN.

C'est qu'un homme a fort mauvaise grace
De tirer d'une femme autre chose en amour,
Que le plaisir d'un tendre & sincere retour ;
C'est-là le prix du cœur, & le seul qui doit plaire.
Je sais bien qu'à présent tous ne s'y bornent pas,
Et qu'il est assez ordinaire
De trouver parmi nous bien des gens assez bas
Pour chercher un autre salaire ;
Mais, à mon sens, quoiqu'il en soit,
Tout amant qui se vend n'est qu'un vil mercénaire,
Et son cœur ne vaut pas le prix qu'il en reçoit.
C'est mon avis, je crois que c'est aussi le vôtre.

AURORE.

Le plus riche des deux doit toujours aider l'autre.

GUSMAN.

Mais j'ai taché de rendre au moins l'équivalent,
Et ces mémes présens que m'a fait cette belle
M'ont procuré dequoi m'acquiter envers elle ;
J'aurois fait beaucoup plus si j'étois opulent,
Mais l'état où m'a mis ma funeste aventure ....

AURORE.

Et sans aucun scrupule elle acceptoit toujours ?

GUSMAN.

Mais j'étois obligé de prendre des détours,
Elle fermoit les yeux.

AURORE *à part.*

L'indigne créature !

GUSMAN.

De qui parlez-vous donc ? Vous êtes agité ?

AURORE.

Ce n'est rien, poursuivez.

GUSMAN.

Mais votre trouble éclate.

AURORE.

Eh bien, vous disiez donc que cette scélérate ...
Excusez ...., depuis quand sa libéralité

A-t-elle commencé ?

GUSMAN.

L'époque eſt, ce me ſemble,
Du temps que nous avons fait connoiſſance enſemble:
Jalouſe de notre amitié,
Son amour m'a paru s'augmenter de moitié.

AURORE *à part.*

Je n'y tiens plus, il faut que je me ſatisfaſſe.
Haut.
M'aimez-vous ?

GUSMAN.

Comment donc? Expliquez-vous, de grace.

AURORE.

Prêtez-moi votre main,

GUSMAN.

Pourquoi ?

AURORE.

Pour me venger.
Je ne puis à préſent me ſervir de la mienne ;
Vous le voyez vous-même.

GUSMAN.

Ah, qu'à cela ne tienne,

AURORE.

Vous ne courrez pas grand danger.

GUSMAN.

Tant pis,

AURORE, *lui montrant une table.*

Mettez-vous-là,

GUSMAN.

Quelle eſt cette aventure ?

AURORE.

Ecrivez ſeulement

GUSMAN.

Ah, ah! c'eſt un appel;
Parbleu, vous m'enchantez. A qui va le cartel ?
A quelle heure ? En quel lieu ?

AURORE.

C'eſt pour une rupture

GUSMAN.

Ce n'eſt point un combat ?

AURORE.

Non. Je veux à l'inſtant
Envoyer le congé ; mais le plus inſultant . . .

GUSMAN.

Oh , n'eſt-ce que cela ? C'eſt une bagatelle.

AURORE.

Etes-vous prêt ?

GUSMAN.

Dictez. L'Epitre ſera belle

AURORE *dicte.*

„ J'avois perdu l'eſprit , lorſque pour m'amuſer
„ Je daignai vous offrir une eſpece d'hommage ;
„ Le bon ſens vient enfin de me déſabuſer.

GUSMAN.

Buſer . . . Allons, ferme, courage

AURORE.

„ Votre dupe à jamais échappe de vos mains ;
„ Vous ne meritez pas le dernier des humains.

GUSMAN *pliant la lettre.*

La belle piéce d'écriture !
Tout ce que le cœur dicte eſt toujours ſans rature.
Ma foi , ce congé là n'eſt pas mal énoncé ,
A qui faut-il mettre l'adreſſe ?

AURORE.

Ah ! le nom de cette traîtreſſe
Ne merite pas d'être écrit ni prononcé ;
Au ſurplus , ſoyez ſûr que je vous vois avec joie
Le bonheur imprévû que l'amour vous envoie ;
Je vous le dis de bonne-foi ,
Croyez que perſonne que moi
N'y prend un interêt & ſi vif & ſi tendre.

GUSMAN.

Cette douce aſſurance a pour moi mille attraits.

AURORE.

J'ai quelqu'ordre à donner, voulez-vous bien m'attendre ?
Nous irons faire un tour, vous ſerez libre après.

SCENE VI.

AURORE *seule.*

ALLONS, il ne faut pas qu'il prévienne la lettre,
Par qui la ferai-je remettre ?
Beatille, es-tu là ?

SCENE VII.

AURORE, BEATILLE.

AURORE.

TE voici justement
Fort à propos.

BEATILLE.

Jamais je n'arrive autrement.

AURORE.

Tout va bien, applaudis de la bonne maniere.
Vois-tu ce que j'ai là ? Devine ce que c'est.

BEATILLE.

Hélas ! J'ai le malheur de n'être pas sorciere :

AURORE.

Le congé d'Isabelle, oui, voilà son arrêt,
Que j'ai dicté, que j'ai fait écrire à la belle
Par Gusman.

BEATILLE.

Par Gusman ! Il rompt donc avec elle ?

AURORE.

Oui, mais il n'en sait rien encore.

BEATILLE.

Il n'en sait rien !

AURORE.

Non, pas le moindre mot.

BEATILLE.

Il brise son lien

Sans le savoir ?

AURORE.

Eh, oui, ma pauvre Beatille.

Il s'agit d'envoyer ce billet... A propos,

Ne connois-tu pas Lazarille ?

BEATILLE.

Un peu. *à part.* Que trop pour mon repos.

AURORE.

Remets entre ses mains cette lettre fatale,

Pour la porter à ma rivale.

BEATILLE.

De la part de Gusman ?

AURORE.

Oui, mais à son insû ;

Tu conçois bien ?

BEATILLE.

Sans doute.

AURORE.

Il m'attend, je te quitte,

Je m'en vais l'amuser, expedie au plus vîte.

SCENE VIII.

BEATILLE *seule.*

JE crois que le porteur sera fort mal reçu,
Et je ne risque rien d'en charger Lazarille.
Oui, j'en dois à cet animal;
Quelques coups de bâton ne lui viendroient pas mal.
Plût au ciel.... Mais je l'aime, & je veux qu'on l'étrille,
En serai-je mieux à ce prix?
Tantôt par un soufflet j'ai payé ses mépris,
N'en est-ce pas assez? Plaisante bagatelle
Qu'un malheureux soufflet, quand l'injure est mortelle!
D'ailleurs je n'ai pas appuyé,
Non, tout ce qu'il m'a dit doit être mieux payé.
Allons, il y va trop du nôtre,
Chargeons-le du billet, je ne puis mieux choisir,
Dût-il être assommé, j'en aurai le plaisir:
La vengeance en est un, quand on n'en a point d'autre.

Fin du premier Acte.

ACTE II.

ACTE SECOND.

SCENE PREMIERE.

LAZARILLE.

MAUGREBLEU de la masque ! elle m'avoit donné
Un billet au porteur, payable à coups de gaule ;
A l'entendre parler, j'étois trop fortuné,
C'étoit de l'or en barre ; oui, par dessus l'épaule.
Dieu merci, j'ai bon pied, bon œil,
Et je sens le bâton une lieue à la ronde.
Il étoit, ma foi, temps ; mais, plus prompt qu'un chevreuil,
Je me suis retiré des embarras du monde.
Lorsque j'aurai besoin d'être assommé,
Je sais présentement l'endroit à point nommé ;
Mais, baste, rien ne presse encore.

SCENE II.

LAZARILLE, ARLEQUIN, SCAPIN.

LAZARILLE *voyant Arlequin.*

Quelle eſpéce de matamore,
Avec ſon tapabor & ſon vieil oripeau,
D'un air ſi renfrogné vient lorgner ma figure ?
Eſt-ce à moi qu'il en veut ? Arborons le chapeau.
Appercevant Scapin.
Quel autre garnement d'auſſi mauvais augure ?

ARLEQUIN.

C'eſt lui.

LAZARILLE.

C'eſt moi.

SCAPIN.

Voyons, il faut s'en aſſurer.
Tous deux lui mettent la main ſur le collet.

ARLEQUIN.

Ami.

LAZARILLE.

Vous vous trompés, je puis vous le jurer.

SCAPIN.

Dites-nous, s'il vous plaît...

LAZARILLE.

Je n'en ſais rien.

ARLEQUIN.

De grace.

LAZARILLE.

Avec ces beaux diſcours, Meſſieurs, le temps ſe paſſe.

ARLEQUIN.

Tantôt, où vous ſavez...

LAZARILLE.

Moi? Non.

SCAPIN.

Expliquons-nous.

LAZARILLE *à part.*

Qu'est-ce que tout ceci m'annonce?

ARLEQUIN.

N'êtes-vous pas venu porter un billet doux?

LAZARILLE.

Pourquoi?

SCAPIN.

Vous n'avez pas attendu la réponse.

LAZARILLE.

Je n'en avois pas le loisir.

ARLEQUIN.

Nous nous sommes tous deux chargés avec plaisir

Il lui donne un billet.

De vous la rapporter. Voici pour votre Maitre;
Ce n'est qu'en attendant le reste. A votre égard,
Isabelle, sensible autant qu'on le peut être,
Vous fait prier par nous d'accepter de sa part
Des marques de reconnoissance,
Qui sont à votre bienséance.

SCAPIN *donnant un bâton à Arlequin.*

A vous, mon ancien.

LAZARILLE.

Je suis pris comme un sot.

SCAPIN *à Arlequin.*

Lorsque vous serez las...

LAZARILLE.

J'entens. Messieurs, un mot.
Ne pourroit-on ranger autrement cette affaire?

A Scapin qui lui présente un pistolet, & qui remue la main comme un homme qui a peur.

Pour Dieu, n'ayez pas peur.

ARLEQUIN.

Parlez, nous sommes prêts
Avez-vous des moyens?

LAZARILLE.

Oui, qui pourront vous plaire;
En bûvant, tout s'arrange.

SCAPIN.

Oh, nous boirons après:
Nous ſommes gens d'honneur qu'on a payés d'avance.

LAZARILLE.

Eh bien, je donnerai quittance
Comme quoi je les ai reçûs,
Et cinquante encor par deſſus,
Et vous y gagnerez.

SCAPIN.

Il parle en galant homme;
Frere, qu'en dites-vous? Monſieur eſt obligeant,
Mais ces quittances-là ſe donnent en argent;
En avez-vous?

LAZARILLE.

Qui, moi?

ARLEQUIN.

Voyez...

Lazarille fouille dans ſes poches & n'en tire rien.

ARLEQUIN.

Frapons.

SCAPIN.

Aſſomme.

LAZARILLE.

Arrêtez, j'ai...

ARLEQUIN.

Combien?

LAZARILLE.

Trois ducats pour tout bien.

ARLEQUIN.

Qu'eſt-ce que trois ducats pour cent coups d'étriviére?
J'aimerois tout autant vous les donner pour rien.

Il fait mine de le battre.

LAZARILLE.

Eh bien donc, j'en ai dix.

SCAPIN.

Cédons à sa priére ;
Nous les partagerons, le tout par amitié.

LAZARILLE *à part.*

Ce n'est que demi mal, il m'en reste moitié.

ARLEQUIN.

Donnez ; sont-ils de poids ?

LAZARILLE.

Je n'en prens jamais d'autres.
Un, deux, trois, quatre, cinq.

ARLEQUIN.

Adieu, vous & les vôtres.

Ils vont pour sortir.

LAZARILLE.

Au diable. Allons, enfin, m'en voilà dégagé.

SCAPIN.

Et moi donc, s'il vous plaît ?

LAZARILLE.

Qu'est-ce ?

SCAPIN.

Que vous en semble ?
Nous sommes convenus de partager ensemble.

LAZARILLE.

Entre vous deux & moi, n'ai-je pas partagé ?

SCAPIN.

Hé ? la Rancune, à moi : ce coquin-là se moque,
Pour ne me pas payer il use d'équivoque ;
Mais voyez le fripon ; je l'ai trop épargné.

ARLEQUIN.

Çà, donnez-lui ses honoraires.
Nous avons bien d'autres affaires.

SCAPIN.

Refuser un argent qu'on a si bien gagné.

ARLEQUIN.

Allons donc, ventrebleu, car mon couroux s'enflamme.

LAZARILLE.

Tenez, Seigneur, voilà le reste de mon ame.

ARLEQUIN.

Chacun est-il content?

SCAPIN.

Oui.

ARLEQUIN.

Partons.

SCAPIN.

Serviteur.

SCENE III.

LAZARILLE.

Morbleu, si j'avois eu du cœur,
J'aurois bien dû me laisser battre;
Il falloit me tenir ferme, & n'en rien rabattre.
Ils m'auroient assommé, mais j'aurois dix ducats,
Qui me serviroient de ressource.
N'ai-je pas éprouvé vingt fois, en pareil cas,
Que le dos se refait plus vîte que la bourse.
Le mien me coûte plus qu'il n'a jamais valu.
Ah, que n'est-ce à refaire! O regret superflu!

SCENE IV.

GUSMAN, LAZARILLE.

GUSMAN.

On vient de t'apporter, de la part d'Isabelle,
Une lettre en réponse.

LAZARILLE.

Oui, j'ai payé le port.

GUSMAN.

Mais, n'ayant point écrit, cela m'étonne fort.
Donne. J'allois paſſer chez elle,
Pour la remercier de ſon nouveau bienfait,
Et je ſuis dans mon tort de ne l'avoir pas fait;
Mendoce n'a jamais voulu me le permettre.
Il lit.
» J'ai reçu votre indigne lettre...
Quoi! mon indigne lettre! eſt-ce à moi qu'on écrit?
L'adreſſe eſt à mon nom, voilà ſon écriture.
A qui diable en veut-elle? Elle a perdu l'eſprit.

LAZARILLE.

Et moi bien plus.

GUSMAN.

Suivons: » J'accepte la rupture;
» Vous ne pouvez jamais m'offrir rien de plus doux.
« On y gagne en perdant un homme tel que vous.
» Il ne ſera jamais de femme qui ſe fâche
» De n'avoir plus le cœur de l'homme le plus lâche.
Morbleu!

LAZARILLE.

Bon, bon, ce n'eſt qu'une femme qui dit
Tout ce qui lui vient en penſée;
C'eſt l'amour qui ſe ſert des armes du dépit.

GUSMAN.

Je n'ai point mérité cette lettre inſenſée.
J'ai beau m'examiner.

LAZARILLE.

Moi, j'ai beau me fouiller...

GUSMAN.

Je n'y ſaurois rien débrouiller.

LAZARILLE.

Je ne trouve rien dans ma poche.
Mais, Monſieur, entre-nous, à parler ſans reproche...

GUSMAN.

Quoi?

LAZARILLE.

Vous vous émerveillez-là

D'une chose assez simple.

GUSMAN.

En effet, elle est telle...

En quoi ?

LAZARILLE.

Vous écrivez à la Dame Isabelle.

GUSMAN.

Moi ?

LAZARILLE.

Sans doute. On vous fait réponse, & la voilà.

GUSMAN *après avoir rêvé.*

Attens... Quand j'y pense, Mendoce...

LAZARILLE.

J'ai porté le poulet, je n'en suis que trop sûr.

GUSMAN.

Ah, m'auroit-il joué le tour le plus atroce ?
Il m'a dicté tantôt un billet assez dur;
A-t-il eu la noirceur d'en faire un sacrifice ?
Sait-il où j'aime ? A qui pourrois-je l'avoir dit ?

A Lazarille.

Qui t'a fait le porteur de ce billet maudit ?

LAZARILLE.

La Soubrette.

GUSMAN.

De qui ?

LAZARILLE.

De cette jeune Actrice
Qui loge incognito dans cet Hôtel garni.
La coquine, tantôt, me guêtant au passage,
Quand vous êtes sorti, m'a chargé du message;
C'est tout ce que je sais de ce brouillamini.

GUSMAN.

Allons chercher Mendoce.

SCENE V.

AURORE *en Cavalier*, GUSMAN.

AURORE *riant.*

AH! Nous allons bien rire.

GUSMAN.

Je ne ſuis pas en train.

AURORE.

Oh, vous vous y mettrez.

GUSMAN.

J'ai bien auparavant quelque choſe à vous dire.

AURORE.

Tâchez de me prêter l'oreille, & vous rirez.
On m'engage, mon cher...

GUSMAN.

Eh, morbleu, que m'importe?

AURORE.

On me fait, en un mot, l'inſtance la plus forte,
Pour me couper la gorge avec vous.

GUSMAN.

Avec moi!

AURORE.

On l'exige, on le veut pour gage de ma foi.

GUSMAN.

Eh, qui donc?

AURORE.

Une belle & vertueuſe Dame.
Voici, pour la vanger, le bras qu'elle reclame.

GUSMAN.

Pour la vanger! De quoi?

AURORE *lui donnant une lettre.*

D'un outrage reçû.
Voici l'ordre, voyez comment il eſt conçû.

GUSMAN.

Comment, c'eſt d'Iſabelle !

AURORE.

Oui, vraiment, d'elle-même.

GUSMAN.

Eſt-ce que vous la connoiſſez ?

AURORE.

Parbleu, ſi je connois une femme qui m'aime ?

GUSMAN.

Qui vous aime !

AURORE.

A la rage. Eh quoi, vous pâliſſez.

GUSMAN.

Ah, Ciel !

AURORE.

Liſez l'Epître, elle m'eſt adreſſée,
Et nous verrons après quelle eſt votre penſée.

GUSMAN *lit.*

» Un téméraire, à qui j'avois prêté mon cœur,
» Outré de voir qu'enfin vous étes mon vainqueur...

AURORE.

Notez ceci.

GUSMAN.

» M'a fait le plus ſenſible outrage ;
» Ce n'eſt que dans le ſang que l'on peut le laver.
» J'ai recours à votre courage.
» Si vous m'aimez, Mendoce, il faut me le prouver.
» L'inſolent eſt Guſman, je demande ſa vie,
» Ma haine ne peut être autrement aſſouvie.
» Pour ne vous point trop hazarder,
» En me rendant ce bon office,
» Deux très-honnêtes gens, qui ſont à mon ſervice,
» Ont ordre de ſe joindre à vous pour vous aider.
Quoi, l'écrit de tantôt, cette lettre cruelle,
Que vous m'avez dictée...

AURORE.

Etoit pour Iſabelle,
Avec qui je romps ſans retour.

Je n'ai point offensé l'amitié ni l'amour.
Devois-je vous savoir en intrigue avec elle ?
M'avez-vous jamais dit le nom de cette belle ?
Et quand je l'aurois su, qu'en peut-il résulter ?
Si je vous avois mis au fait de ce mistére,
Vous n'auriez pas voulu servir de sécretaire.
Pour vanger un ami faut-il le consulter ?
Cependant vous étes le maître
D'aller lui dire tout, de lui faire connoître...

GUSMAN.

Vous étiez mon rival ?

AURORE.

Le fait est assez clair.

GUSMAN.

Quoi, cette femme avoit pour vous de la tendresse?

AURORE.

Autant qu'en peut avoir une pareille espéce.

GUSMAN.

Et vous aviez son cœur ?

AURORE.

Il me coûte assez cher,
Si vous le regrettez.

GUSMAN.

La rencontre est unique.
Le hazard a tout fait, il doit tout excuser.

AURORE.

S'il vous guérit je suis content.

GUSMAN *à part.*

O sexe inique !
J'ai pourtant de la peine à me désabuser.

AURORE.

De quoi ?

GUSMAN.

De son amour.

AURORE.

Pour qui ?

GUSMAN.

Mais pour moi-méme ;

Car enfin ſes bienfaits, redoublés chaque jour,
Prouvent certainement que j'avois ſon amour.
Ami, quand une femme enrichit ce qu'elle aime,
Il faut qu'elle ait le cœur bien pris.

AURORE.

A qui le dites-vous? Vous ſeriez bien ſurpris,
A propos de bienfaits, ſi la Dame Iſabelle
Ne vous en avoit fait aucun.

GUSMAN.

Comment?

AURORE.

Non, vous dis-je, pas un.
Bien loin d'en avoir reçû d'elle,
Comme on vous l'a laiſſé croire depuis long-temps,
Au contraire, c'eſt vous qui l'en avez comblée,
Oui, vous, qui chaque jour l'en avez accablée.

GUSMAN.

Avec quoi, ſi ce n'eſt à ſes propres dépens?
Vous rêvez, ſur ma foi.

AURORE.

Croyez-m'en ſur la mienne.
Une main inviſible, & qui n'eſt pas la ſienne,
Se faiſoit un plaiſir de nourrir votre erreur.

GUSMAN.

Et quelle eſt cette main? D'où tant de bienfaiſance?

AURORE.

Vous en pourrez encor reſſentir l'influence.
Peut-être le paſſé n'eſt que l'avant-coureur
D'un bonheur plus réel, où vous pourriez prétendre.

GUSMAN.

Quoi donc, que voulez-vous par-là me faire entendre?

AURORE.

Le temps éclaircit tout.

GUSMAN.

Je ne ſais que penſer.
Mendoce, à quoi tend ce langage?

AURORE.

Guſman, daignez me diſpenſer

De vous en dire davantage.

GUSMAN.

Pourquoi s'expliquer à demi?
De grace, achevez donc, l'amitié vous en presse;
Parlez.

AURORE.

Vous faire voir quelle est cette traîtresse,
Est tout ce qu'à présent je puis faire en ami.
En un mot, je vous signifie
Qu'Isabelle jamais n'a fait que vous trahir,
Qu'au plus vil interet elle se sacrifie,
Que nous ne pouvons trop vous & moi, la haïr,
Que vous devez vous faire un éternel reproche
De l'avoir...

SCENE VI.

LAZARILLE, GUSMAN, AURORE.

LAZARILLE.

On les a logés les compagnons.
Et vous mes chers ducats, rentrez tous dans ma poche;
Puisqu'enfin nous nous réjoignons,
Ne nous séparons plus, si ce n'est pour vous boire.

AURORE *à Lazarille.*

Que dis-tu? Quelle est cette histoire?

LAZARILLE,

Ma foi, Messieurs, c'est au sujet
De ces deux garnemens de la dame Isabelle.

AURORE.

Ah! Je n'y pense plus.

LAZARILLE.

Savez-vous quel projet

Les faiſoit ici près reſter en ſentinelle ?

GUSMAN.

Ne t'embarraſſe pas, leur projet m'eſt connu.

LAZARILLE.

J'ai donc bien deviné.

GUSMAN.

Ce ſera mon affaire.

AURORE.

Faiſons ſortir mes gens.

GUSMAN *voulant aller.*

Non, non, laiſſez-moi faire.

LAZARILLE *l'arrêtant.*

Rengainez, c'en eſt fait, on vous a prévenu ;
La valeur n'attend pas qu'on la mette en beſogne...

GUSMAN.

Ah ! Je n'ai pas beſoin des diſcours d'un yvrogne.

LAZARILLE.

Mais on les a, vous dis-je, ajuſtés comme il faut.

AURORE.

Eh, qui donc ?

LAZARILLE.

Moi dixiéme : on prend peu garde au nombre
Lorſque l'on a du cœur... Diable, il y faiſoit chaud,
Et le Corregidor vient de les mettre à l'ombre.

AURORE.

Mais, vraiment, Lazarille eſt un des grands guerriers...

LAZARILLE.

Si je le ſuis...

GUSMAN.

Va-t'en arroſer tes lauriers.

SCENE VII.

AURORE, GUSMAN.

AURORE.

MAis nous avions tous deux une rare maîtresse.
Eh bien, que dites-vous de cette Enchanteresse,
Et de ses Spadassins ? Rien n'est plus monstrueux ;
Cette femme se sert d'un joli ministere.

GUSMAN.

Que voulez-vous ? L'amour prend notre caractere ;
Dans les cœurs vertueux il devient vertueux,
Et criminel dans ceux qui sont faits pour le crime.

AURORE.

Vous n'aurez pas, je crois, de peine à revenir
De votre égarement. Sortez de cet abîme,
Par quelqu'autre lien cherchez à réunir
L'hymen, la fortune & la gloire ;
Aimez ailleurs ; sur-tout, placez mieux votre cœur.
Ce n'est jamais l'amour, c'est le choix d'un vainqueur
Qui peut deshonorer...Gusman, daignez m'en croire ;
Tout peut vous être aisé, si vous y conspirez ;
Portez vos vœux plus haut.

GUSMAN.

Hélas !

AURORE.

Vous soupirez ?

GUSMAN.

Ah ! C'est d'un souvenir bien cher à ma mémoire.

AURORE.

Eh quoi, vous n'oseriez poursuivre la victoire,
Quand je viens de porter pour vous le premier coup ?
Pouvez-vous ignorer encore
Quel est votre vainqueur ? Vous l'aimez donc beaucoup ?
à part.
Trop heureuse Isabelle ! Ah déplorable Aurore !

GUSMAN.

A des nœuds passagers ne peut-on se livrer ?
On ne refuse guere une bonne fortune ;
Isabelle à mes yeux paroissoit en être une.
Vous imaginez-vous qu'elle ait pû m'enyvrer,
Au point de demeurer encor sous sa puissance ?
Je ne pousserai pas si loin l'entêtement.
Est-on fort amoureux, lorsque le sentiment
S'est borné tout au plus à la reconnoissance ?
Car enfin, il est vrai que jusques à ce jour,
Le plaisir d'être aimé me tenoit lieu d'amour.

AURORE.

Fort bien. Que cet aveu me touche !

GUSMAN.

Mes secrets les plus chers, & mes vœux les plus doux
Ne vous sont pas connus.

AURORE.

J'en dois être jaloux.

GUSMAN.

Mais enfin, je ne sais ce qui m'ouvre la bouche,
Et quel charme me force à vous les confier.

AURORE.

Ce n'est point les sacrifier.

GUSMAN.

J'aime ailleurs.

AURORE.

Vous aimez ?

GUSMAN.

Telle est ma destinée.

AURORE.

En quel lieu ? Depuis quand avez-vous commencé ?

GUSMAN.

Hélas ! c'est à Madrid, depuis plus d'une année....
Attendez... Vous allez me traiter d'insensé.

AURORE.

Non, non, en vérité.

GUSMAN.

Ma tendresse est extrême,

Et

Et je n'ai jamais vû la perſonne que j'aime,
Qu'à travers l'épaiſſeur d'un treillage cruel.

AURORE.

Qu'importe? Après.

GUSMAN.

Malgré notre amour mutuel,
Car j'avois le bonheur de la rendre ſenſible,
Elle a toujours été pour moi preſque inviſible.
Telle étoit la contrainte où j'en étois réduit
Que pour l'entretenir, il falloit que la nuit
Nous prêtât le ſecours de ſon plus ſombre voile.

AURORE.

Ainſi vous pourriez donc l'avoir vûe au grand jour,
Sans ſavoir que ce fût l'objet de votre amour?

GUSMAN.

Sûrement.

AURORE.

Qui vous la fit aimer?

GUSMAN.

Mon étoille.
Le bruit de ſa beauté détermina mon choix.
Ah, je vais vous paroître un vrai viſionnaire.
Son accueil, ſon eſprit, les charmes de ſa voix,
Tout me fit adorer ma divine inconnue.
En un mot, j'éprouvai qu'un cœur, pour ſe donner,
N'a pas toujours beſoin du ſecours de la vûe.
Cet amour doit vous étonner.

AURORE.

Il m'intereſſe plus qu'il ne m'étonne encore.
Je ne puis que louer votre inclination.
Peut-on vous demander, ſans indiſcretion,
Le nom de la perſonne?

GUSMAN.

Elle ſe nomme Aurore.

AURORE.

Ce nom eſt heureux, mais...

GUSMAN.

Quoi?

AURORE.

Ne craignez-vous pas
Qu'elle n'ait pû ſavoir qu'en amant peu fidéle
Vous n'avez pas toujours brûlé pour ſes appas ?
Que votre exemple enfin n'ait influé ſur elle ?
La vengeance eſt ſi douce... *à part.* Il change de couleur.

GUSMAN.

Le ſoupçonneriez-vous ?

AURORE.

Qui ? Moi ? C'eſt une idée
Qui me vient au hazard, qui peut être fondée.

GUSMAN.

Ah, ciel ! S'il etoit vrai, j'en mourrois de douleur.

AURORE.

Mais, puiſque votre goût vous reprend pour Aurore,
Quel eſt donc le deſſein que vous vous propoſés ?

GUSMAN.

C'eſt, puiſqu'enfin mes jours ne ſont plus expoſés,
De voler promptement vers celle que j'adore.

AURORE.

Vous ne pouvez mieux faire ; allez, quittez ces lieux.

GUSMAN.

L'amitié la plus tendre en verſera des larmes.
Jamais ſociété n'eut pour moi tant de charmes;
Il faut m'en arracher. Agréez mes adieux.
Mais avant que l'amour d'avec vous me ſépare,
Si vous m'aimez . . .

AURORE.

Beaucoup.

GUSMAN.

Tirez-moi, par pitié,
De l'étrange embarras où mon eſprit s'égare.
J'ai reçû des ſecours, les dois-je à l'amitié ?
Car vous m'avez ſi fort honoré de la vôtre
Qu'on diroit que le ciel nous ait faits l'un pour l'autre.

AURORE.

J'y compte aſſurément.

GUSMAN.

Couronnez vos bienfaits
Par l'aveu généreux de me les avoir faits ;
Mendoce, faites-moi la grace toute entiere.

AURORE.

Moi ? Que puis-je sçavoir touchant cette matiere ?

GUSMAN, *à part.*

C'est lui-même.

AURORE.

L'amour peut-être, & l'amitié
Pourroient bien être de moitié.
Le temps découvrira le fond de cette histoire,
En attendant, partez, si vous voulez m'en croire.

Elle laisse tomber un portrait.

GUSMAN *le ramassant.*

Ceci vient de tomber. C'est, je crois, un portrait.

AURORE.

Ah ! Vous pouvez le voir.

GUSMAN.

Mais c'est vous trait pour trait.

AURORE.

Il me ressemble fort.

GUSMAN.

Que je le voie encore.
C'est vous assurément qu'on a peint en Aurore ;
Cette Divinité n'eut jamais tant d'appas.

AURORE.

Que vous êtes flatteur !

GUSMAN.

Non, je ne le suis pas.

AURORE.

La ressemblance vous étonne ;
Elle est grande, & ne peut l'être plus ; mais enfin,
C'est pourtant le portrait d'une jeune personne
Qui n'est pas loin d'ici, je n'en fais pas le fin.
Vous conviendrez bien-tôt qu'elle doit m'être chere,
Lorsque je vous pourrai dévoiler ce mistere.

GUSMAN.

Je ſens que je ne puis aſſez le regarder.
Que d'attraits ! On la peut préferer à toute autre ;
Si vous avez ſon cœur, ſon choix vaut bien le vôtre.
Mais il vous eſt trop cher pour vous le demander.
A cauſe de la reſſemblance,
Qu'il ſe trouve avoir avec vous,
J'aurois eu . . . .

AURORE.

Non, donnez. *à part.* Faiſons-nous violence,
C'eſt aſſez qu'il l'ait vû. *haut.* Partez, ſéparons-nous.

GUSMAN.

Adieu, formez tous deux la chaine la plus belle,
Je vole où mon amour m'appelle.
Permettez cet embraſſement.

AURORE *ſe reculant.*

Mais vous ne partez pas encore.

GUSMAN *l'embraſſant.*

Pardonnez-moi, je céde à mon empreſſement.

SCENE VIII.

AURORE.

C'Eſt Mendoce, & non pas Aurore
Qui s'eſt laiſſé ſurprendre un baiſer innocent.

SCENE IX.

AURORE, BEATILLE.

BEATILLE.

EH bien, le réſultat ?

AURORE.

Eſt fort intéreſſant.

Beatille, tout nous ſeconde.
Enfin Guſman revient à ſon premier vainqueur.
Iſabelle, vraiment, n'a jamais eu ſon cœur.

BEATILLE.

Il la quitte donc ?

AURORE.

Oui, tout va le mieux du monde;
Il retourne à Madrid, il part dès aujourd'hui.

BEATILLE.

Pourquoi ?

AURORE.

Pour m'y chercher.

BEATILLE.

Eh ! Vous voilà trouvée.

AURORE.

Point du tout.

BEATILLE.

Quelle hiſtoire eſt encore arrivée ?

AURORE.

Je ne me ſuis pas fait encor connoître à lui.

BEATILLE.

Ne vous laſſez-vous point d'être incompréhenſible.

AURORE.

Ah, qu'on a peu d'eſprit, quand on eſt inſenſible !

BEATILLE.

Je vois que la folie eſt l'eſprit de l'amour.
Vous ſuivez donc Guſman ?

AURORE.

Point du tout, je demeure.

BEATILLE.

Allons, autre énigme du jour.
Si je vous comprens que je meure.
Il part, & vous reſtez : accordez cet écart.

AURORE.

Je ſaurai le moyen d'empêcher ſon départ.

BEATILLE.

Vous le ferez reſter ? Eh, qu'elle eſt cette idée ?

AURORE.

D'achever mon épreuve.

BEATILLE.

Eh, ſurquoi, s'il vous plaît ?

AURORE.

Je ſuis riche, il le ſait.

BEATILLE.

J'en ſuis perſuadée.

AURORE.

Je veux ſavoir ſi l'interêt
N'auroit aucune part à la ſubite flamme
Qui renaît à préſent dans le fond de ſon ame,
Et lui faire payer, comme il l'a mérité,
L'eſpéce d'infidélité
Qu'il m'a faite ; car c'en eſt une :
C'eſt ma derniere épreuve, & je puis ſur ce point,
M'éclaircir mieux ici, l'on ne m'y connoît point.
Si je puis voir qu'il n'aime en moi que ma fortune,
C'en eſt fait, j'abjure mon choix
Et toute ma tendreſſe expire.
L'amour intéreſſé deshonore à la fois
Celui qui le reſſent & celle qui l'inſpire.
D'ailleurs ; comme il ne convient pas
Qu'un homme qui m'a plû reſte dans l'indigence,
Je lui ferai du bien, s'il en fait tant de cas,
Je l'en accablerai par gloire & par vengeance ;
Car rien n'eſt plus humiliant
Que d'être redevable a ceux qui nous mépriſent.

BEATILLE.

Vous n'éclaicirez rien, les hommes ſe déguiſent.

AURORE.

Va, l'amour-propre eſt clairvoyant.

BEATILLE.

Et comment pourez-vous éclaircir ce miſtere ?

AURORE.

J'ai beſoin de ton miniſtere ;
Je vais, puiſqu'il le faut, t'apprendre ce moyen.

BEATILLE.

Voyons qu'elle idée eſt la vôtre.

AURORE.

Sui-moi, viens, & ſur-tout ne me remontre rien.

SCENE X.

BEATILLE.

EH, de quel droit? Qui diantre, eſt plus ſage
qu'un autre!
Allons, extravagons, au gré de ſes ſouhaits.
Cédons, pour cauſe qu'elle ignore :
Mon heure eſt arrivée, & trop heureuſe encore
Que ce ſoit plus tard que jamais.

Fin du ſecond Acte.

ACTE TROISIE'ME.

SCENE PREMIERE.

LAZARILLE.

J'AI lû, je ne ſais où, s'il m'en ſouvient, qu'un ſage
N'eſt par-tout, ici-bas, qu'un oiſeau de paſſage ;
Que l'homme ſur la terre, eſt fait pour cheminer,
Et que tout le temps qu'il l'habite,
Ce n'eſt qu'un voyageur, que la beauté du gîte
En aucun lieu jamais ne doit accoquiner.
Sous prétexte qu'ici j'étois le mieux du monde,
J'allois prendre racine, & même aſſez profonde.
Tranſplantons-nous, il faut rouler.
Or ſus, adieu vous dis, mes belles amourettes,
Je pars, que de pleurs vont couler !
Du moins, ſi l'une ou l'autre eût payé mes fleurettes,
Je m'en conſolerois. O ſouhaits ſuperflus !
Je ne ſais qui des deux je regrette le plus.
Allons.

SCENE II.

BEATILLE, LAZARILLE.

BEATILLE *masquée avec sa mante.*

VOYONS un peu si leur départ s'aprête;
Pour remplir le projet...

LAZARILLE *voyant son inconnue.*

Ah! Serviteur.

BEATILLE.

Arréte,
Lazarille, où vas-tu d'un air si triomphant?

LAZARILLE.

Epargnons-nous, ma chere enfant,
Les fadaises que se débitent
Deux tendres amans qui se quittent:
Je viens, sans avoir soif, de boire à ta santé
Le vin de l'étrier.

BEATILLE.

C'est bien de la bonté.
Ton maitre s'en va donc?

LAZARILLE.

Il part, je l'accompagne.

BEATILLE.

Eh bien, va-t-en, c'est qui perd gagne.

LAZARILLE.

Est-ce qu'en bonne foi tu me perds sans regret?

BEATILLE.

A ton avis?

LAZARILLE.

Tu dissimules.

BEATILLE.

Va-t-en quêter ailleurs des regrets ridicules;

Beatille pourra-t-en donner en ſecret,
Peut-être ſera-t-elle aſſez bête, aſſez ſotte,
Pour te regretter tant ſoit peu.

LAZARILLE.

Que diable ! Tour à tour chacune me balotte ;
Mais, non, elle cache ſon jeu.

BEATILLE.

Que la biſe & la grêle, & la foudre & l'orage
Te ſuivent pas à pas pendant tout ton voyage !
Puiſſe le tendre amour, comme il a fait ici,
Te bercer, te berner de la bonne maniére !
Puiſſes-tu chaque nuit crotté, mouillé, tranſi,
Au lieu d'un cabaret giter dans une orniére !
Voilà, ſi par malheur tu ne te romps le cou,
Les vœux que fait pour toi ta très-humble ſervante.

LAZARILLE.

Eſt-ce là tout ?

BEATILLE.

Au diable.

SCENE III.

LAZARILLE.

Il n'eſt rien de plus fou
Que cette drôle de ſuivante.
Que n'ai-je encore ici quatre jours à reſter !...
Il s'agit d'oublier, & non de regretter.

SCENE IV.

GUSMAN, LAZARILLE.

GUSMAN.

SAIS-TU ce qui m'arrive, avant que je m'en aille?

LAZARILLE.

Mais, que vos créanciers, avertis du départ,
Font les impertinens, & vous manquent d'égard;
On n'est persécuté que par cette canaille.
Que ne leur dites-vous que vous partez exprès,
Pour aller à Madrid faire un grand mariage,
Et qu'au contraire il faut qu'ils avancent les frais,
Pour vous mettre en état de faire le voyage;
Le tout avec civilité.
Ah! Morbleu, que ne suis-je homme de qualité.

GUSMAN.

Je n'en puis revenir. J'avois fait quelques dettes,
J'allois y satisfaire, avant que de partir;
Point du tout, j'ai trouvé que, sans m'en avertir,
Tout est payé.

LAZARILLE.

Voilà des affaires bien faites.
Monsieur, celle ou celui qui vous a prévenu,
Auroit bien dû payer en même temps les nôtres.

GUSMAN.

Ce bienfait-là m'instruit de la source des autres,
Ne cherchons pas plus loin, l'auteur m'en est connu,
C'est Mendoce, & voilà cette main invisible,
Dont il me tenoit aujourd'hui
Un langage incompréhensible,
Quand j'ai voulu tantôt m'expliquer avec lui.
A présent que je vois le fond de cette histoire,

Et qu'il ne peut m'en faire accroire,
Il m'évite, il me fuit, il me laisse éloigner.

LAZARILLE.

Mais c'est un bienfaicteur qui veut vous épargner
L'embarras que pourroit vous causer sa présence.

GUSMAN.

Non, ce soin-là me blesse au lieu de me flatter,
Je mets tout mon honneur dans ma reconnoissance,
Et mon plus grand plaisir à la faire éclater.
Mais nous nous reverrons. Eh bien, qui nous arrête?

LAZARILLE.

Rien, j'ai fait mes adieux, & votre chaise est prête;
Les chevaux vont venir.

GUSMAN.

Allons, double le pas,
Va les faire arriver, & ne t'amuse pas.

SCENE V.

GUSMAN.

PARTONS, suivons ma destinée,
Mon malheur ne me défend plus;
De revoir ce séjour, où, depuis une année,
J'adresse des regrets peut-être superflus.
En effet, quand je céde à mon impatience,
N'ai-je point trop de confiance?
Ah, n'est-ce point courir après un bien perdu?
Mon bonheur n'a peut-être été que suspendu.
Je ne sais quel espoir, plus fort que mes alarmes,
Me promet l'accueil le plus doux.
Aurore, vous verrai-je? Ah! Quand le sort jaloux
S'obstineroit encore à me cacher vos charmes,
Il est tant d'autres biens pour de tendres amans.
Je serai sous vos yeux: que mon ame ravie

Aime à se rappeller nos entretiens charmans !
O momens les plus doux que j'aye eu de ma vie !

On entend une voix qui chante.

» *Aimons-nous, aimons-nous....*
Qu'entens-je ? C'est cet air qu'Aurore a tant aimé.
Aimons-nous, aimons-nous, tous nous y convie....
C'est le même, jamais rien ne m'a tant charmé.
» *L'amour est l'ame de la vie.*
Ah, ciel ! Qui peut avoir une voix si touchante ?
C'est Aurore ou l'amour ; oui, c'est elle qui chante.
» *Aimons-nous, tout nous y convie,*
» *L'amour est l'ame de la vie.*
Je suis hors de moi-même en cet heureux moment.
Non, ce ne peut-être qu'Aurore,
C'est elle, elle est ici, puis-je en douter encore ?
La voix sembloit venir de cet appartement,
Aurore pourroit bien y faire sa demeure.
Voyons donc, il y faut pénétrer tout à l'heure.

SCENE VI.

GUSMAN, BEATILLE *sans mante & sans masque.*

BEATILLE.

HOLA, Seigneur Gusman, où voulez-vous aller ?

GUSMAN.

Là dedans.

BEATILLE.

Pourquoi faire ?

GUSMAN.

Eh, parbleu, que t'importe ?

BEATILLE.

On m'a consigné cette porte,
Vous ne pouvez entrer ; mais vous pouvez parler.

GUSMAN *regardant Beatille.*

Je ne la connois point.

BEATILLE.

Quelle affaire vous presse?

GUSMAN.

Etes-vous du logis ?

BEATILLE.

Je suis à ma maîtresse.

GUSMAN.

Est-ce elle, dites-moi, qui vient de m'enchanter ?

BEATILLE.

Je ne sais.

GUSMAN.

Tirez-moi de la plus grande peine.
Je viens d'entendre là, dans la salle prochaine,
Quelle voix !

BEATILLE.

Ma maîtresse aime fort à chanter.

GUSMAN.

Ah ! Fort bien.

BEATILLE.

C'est à quoi par bonheur elle excelle;
Elle en a bien besoin.

GUSMAN.

Pourquoi donc? Quelle est-elle?

BEATILLE.

Une jeune Orpheline, heureuse, en son malheur,
D'avoir reçu de la nature
De la voix avec l'art de la mettre en valeur.
Jadis elle fut riche.

GUSMAN.

Et par quelle aventure
Ne l'est-elle donc plus ?

BEATILLE.

Eh, mais, Seigneur Gusman,
Demandez à l'amour. Un malheureux roman....

GUSMAN.

Un malheureux roman ? Eh bien ?

BEATILLE.

En fut la cause.

GUSMAN.

Comment ?

BEATILLE.

Un fol amour, si l'on ne m'en impose,
Par un pere en courroux, qu'on n'a point désarmé,
La fait déshériter.

GUSMAN.

Mais pourquoi donc encore ?

BEATILLE.

Elle avoit un amant.

GUSMAN.

Aimé ?

BEATILLE.

Sans doute. Or cet amant, pour abréger l'histoire,
Voyant qu'un autre alloit lui ravir son bonheur,
Appella son rival, remporta la victoire;
Il le tua.

GUSMAN *à part.*

C'est moi.

BEATILLE.

Dont le pere en fureur,
Mit sa fille au couvent; mais au bout de l'an née,
Le bon homme mourut, comme il avoit vécu,
Et ma maîtresse infortunée
Resta deshéritée.

GUSMAN *à part.*

Ah! J'en suis convaincu.

BEATILLE.

Mais, moi, qui vous dis tout, sans y penser...

GUSMAN *à part.*

C'est elle.
Ah, grands Dieux! Qu'ai-je appris? Quelle affreuse nouvelle!
Que je suis malheureux de m'être fait aimer!
Haut.
Que devint-elle après? Daignez m'en informer.

BEATILLE.

Ce qu'elle est à présent, une fille admirable,
Que tout Madrid bien-tôt va trouver adorable;
Car elle ira dans peu ... j'admire vos douleurs.

GUSMAN *à part.*

Ah, ciel! en quel état ai-je réduit Aurore?
Du moins je puis un peu réparer ses malheurs.

Haut.

Me refuserez-vous la grace que j'implore?
Ne pourroit-on la voir?

BEATILLE.

Non, ma commission
Porte de ne laisser entrer ici personne.

GUSMAN.

Eh, de qui dépend donc cette permission?

BEATILLE.

Eh, mais, de ma maîtresse elle-même.

GUSMAN.

Eh, ma bonne...

BEATILLE.

Ma bonne! J'aime assez ce titre, il est bon là.

GUSMAN *lui donnant sa bourse.*

Ah, j'ai tort, réparez vous même ma méprise;
Pardon, ma belle enfant.

BEATILLE *empochant la bourse.*

Ah, passe pour cela.

GUSMAN.

Mendoce en a-t-il l'ame éprise?

BEATILLE.

Que voulez-vous savoir?

GUSMAN.

S'il en est amoureux?

BEATILLE *rêvant.*

Amoureux, dites-vous?

GUSMAN.

Oui, lui rend-t-il les armes?
Il le doit, si c'est là cet objet merveilleux
Dont il m'a laissé voir le portrait plein de charmes...

Ah, ſans doute il l'adore ; en ſeroit-il aimé ?

BEATILLE.

Que vous importe à vous ? Laiſſons-là ce miſtére ;
Je n'en ai que trop dit, le reſte doit ſe taire.
Mais, quoi donc! Vous prenez un air bien enflammé!
Au fond de votre cœur qu'eſt-ce donc qu'il ſe paſſe ?

GUSMAN.

Souffrez que je la voie un inſtant ſeulement,
Et daignez, par pitié, m'accorder cette grace.

BEATILLE.

Ah, vous n'y penſez pas, Seigneur, aſſurément.
Je ſais que je vous dois de la reconnoiſſance ;
Mais, dans cette rencontre, il faut vous en paſſer.
Je ne pouſſerai pas pour vous la complaiſance
Juſques à m'expoſer à me faire chaſſer.

GUSMAN.

Refuſa-t-on jamais une grace pareille ?

BEATILLE.

Oui ; mais je vois d'où naît cette importunité ;
Dans le deſir de voir cette jeune merveille,
Il n'entre, tout au plus, que de la vanité.

GUSMAN.

Quelle injuſtice vous me faites!

BEATILLE.

Vous autres jeunes gens, voilà comme vous êtes ;
Dès qu'il vient ſur la ſcene une fille à talent,
Vous voilà tous en l'air, & l'on voit la ſequelle,
Comme des étourneaux, s'attrouper autour d'elle.
A la ville, à la cour, il n'eſt petit galant
Qui ſur elle auſſi-tôt ne dirige ſes vûes ;
Alors, avec fureur, on la court, on la ſuit,
On la vante, on la prône, on la met dans les nues ;
Et telle auparavant faiſoit le même bruit
Qui voit évanouir la foule & les preſtiges,
Sans eſpoir de retour ; car enfin, grace à Dieu,
Dans ce ſiécle maudit l'excluſion a lieu,
Et l'on n'y ſouffre point enſemble deux prodiges.
Et puis qu'arrive-t-il ? A l'idole du jour,

Qui malheureusement est toujours trop crédule,
C'est qu'une autre survient qui l'éclipse à son tour.
De nos gens du bel air c'est-là le ridicule ;
Vous le voulez avoir, & vous ne l'aurez pas.
Vous m'entendez, adieu ; ne suivez point mes pas.

SCENE VII.

GUSMAN.

DOIS-JE me découvrir ?... Elle s'est en allée.

SCENE VIII.

GUSMAN, LAZARILLE.

LAZARILLE.

MONSIEUR, la chaise est attelée.

GUSMAN *sans voir Lazarille.*

Quoi, nous serons toujours rivaux ?

LAZARILLE *suivant Gusman.*

Monsieur, m'avez-vous fait la faveur de m'entendre ?

GUSMAN *sans le voir.*

Que faire maintenant ?

LAZARILLE.

Partir, sans plus attendre,
Ou bien renvoyer les chevaux.

GUSMAN *sans le voir.*

Est-ce Aurore ?

LAZARILLE.

Le jour s'avance.

GUSMAN

Si c'eſt elle....

LAZARILLE.

La couchée eſt plus loin que vous n'imaginez.

GUSMAN.

En ce cas, j'ai tout lieu de la croire infidéle;
Le doute n'eſt pas fait pour les infortunez,
Et je veux tout-à-fait m'aſſurer de ma perte.
Convainquons-nous. En vain on la cache avec ſoin,
J'y ſaurai pénétrer de force; allons...

LAZARILLE *faiſant claquer ſon fouet.*

Alerte.

GUSMAN.

Où vas-tu?

LAZARILLE.

Je vous ſuis.

GUSMAN.

Il n'en eſt pas beſoin.

SCENE IX.

LAZARILLE.

MISÉRICORDE! Ah, ciel! Je crois, Dieu me pardonne,
Qu'il part, & qu'en effet le traître m'abandonne.
Et mes gages, morbleu, qui s'en vont avec lui;
Courons après. A-t-il découvert, quand j'y penſe,
Que j'enflois, tant ſoit peu, les états de dépenſe?
C'eſt l'uſage, entre-nous, il n'eſt pas d'aujourd'hui.
Voyons donc... Qui va là? C'eſt cette jeune Actrice.

SCENE X.

AURORE *habillée en Dame Espagnole*, LAZARILLE.

AURORE.

DU Seigneur Dom Gusman n'es-tu pas le Valet?

LAZARILLE *à part.*

Quelle est jolie !

AURORE.

Eh bien ?

LAZARILLE.

Fort à votre service.

AURORE.

Dis-lui que nous allons répéter un ballet,
Et que je serois très-charmée
De prendre son avis ; car je suis informée
Qu'il s'y connoit.

LAZARILLE.

Il vient de s'en aller d'ici.

AURORE.

Va le chercher.

LAZARILLE.

J'y vais, & mes gages aussi.

SCENE XI.

AURORE, BEATILLE.

AURORE.

EH bien, tu prétens donc qu'il est hors de lui-même.

BEATILLE.

Il eſt comme doit être un homme qui vous aime,
Et qui vous croit perdue abſolument pour lui.
N'avez-vous pas deſſein de finir aujourd'hui
Tous ces beaux tours de paſſe paſſe ?
Il eſt au déſeſpoir, il vous cherche par tout.

AURORE.

Il va me retrouver, mais il n'eſt pas au bout.
Je te l'ai déja dit, je ne lui ferai grace
Que lorſque j'aurai vû, mais plus clair que le jour,
Que l'intérêt n'a point de part à ſon amour.
Outre ce ſoin, qui m'importune,
Tiens, j'ai là certaine rancune
Qui veut que je lui faſſe acheter ſon pardon.

BEATILLE.

C'eſt bien dit, vous avez raiſon.

AURORE.

Je veux me réjouir à punir un volage;
Quitte à l'en aimer davantage :
On pardonne bien mieux quand on eſt bien vengé.

BEATILLE.

Oui, c'eſt-là mon avis.

AURORE.

Tout eſt-il arrangé ?

BEATILLE.

Oui.

AURORE.

Va te mettre au guet dans la ſalle prochaine.
Tu peux me l'envoyer ici. Prens bien ton temps
Pour ſeconder....

BEATILLE.

Mon Dieu, n'en ſoyez point en peine,
Vous allez voir ſi je l'entens.
Mais le voici qui vient.

SCENE XII.

AURORE, GUSMAN.

GUSMAN *à part.*

Seroit-ce la personne
Qui vient de m'enchanter ? Dieux, que je le soupçonne !
Approchons & voyons... Ciel ! Voici, trait pour trait,
Celle dont j'ai tantôt admiré le portrait.
Achevons de nous perdre, offrons-nous à sa vûe,
Voyons si je lui suis connu.

AURORE.

Ah ! Dom Lope, c'est vous ! Soyez le bien venu.

GUSMAN *à part.*

Je suis perdu.

AURORE.

D'où vient la douleur imprévûe
Qui vous presse ?

GUSMAN *tremblant.*

Seroit-ce Aurore que je vois ?

AURORE.

Ne m'avez-vous pas entendue ?

GUSMAN.

Oui, j'étois-là.

AURORE.

Depuis que vous m'avez perdue,
Auriez-vous oublié jusqu'au son de ma voix ?

GUSMAN.

Je n'ai rien oublié.

AURORE.

Que de m'être fidèle.

à part.
J'aime à jouir du trouble où je le vois plongé.
Haut.
Vous me voyez enfin, mais tout eſt bien changé.

GUSMAN.

Je ne l'ignore plus.

AURORE.

Déja cette nouvelle
A paſſé juſqu'à vous ?

GUSMAN.

Oui, l'on m'a tout appris.

AURORE.

Ma ſituation eſt aſſez malheureuſe.

GUSMAN.

J'ai fait votre infortune, & vous en avez pris
La vengeance la plus affreuſe.

AURORE.

Que me reprochez-vous ?

GUSMAN *pénétré de douleur.*

Vos malheurs & les miens.

AURORE.

Mais que voulez-vous dire encore ?
Quoi ! Me reprochez-vous la perte de mes biens ?
Que vous fait à préſent l'infortune d'Aurore,
Et qu'on ait eu pour elle un excès de rigueur ?

GUSMAN.

Hélas ! Je comptois ſur un cœur,
Dont la poſſeſſion eut pour moi tant de charmes,
Et voilà le ſeul bien que j'aye à déplorer,
Le reſte ne vaut pas la moindre de mes larmes,
Ce ſeroit les déshonorer.

AURORE.

Dom Lope, des diſcours ſemblables,
De la part d'un volage, ont dequoi m'étonner :
Le reproche ſied mal à ceux qui ſont coupables.
A qui ſuit votre exemple on peut bien pardonner.

GUSMAN.

Ah, ciel, que mon ame eſt confuſe !

AURORE.

C'eſt bien vous excuſer que de vous imiter.

GUSMAN.

Qu'entens-je ? Aurore, quelle excuſe !
Vous ne vous en ſervez que pour m'inquiéter.

AURORE.

En quoi donc trouvez-vous qu'elle ſoit indiſcréte ?
N'eſt-ce plus que pour vous que l'inconſtance eſt faite ?
Seigneur Dom Lope, en vérité,
Les amans d'aujourd'hui ſont incompréhenſibles
De s'être attribué les droits les plus viſibles.
Où donc eſt-il écrit qu'avec impunité,
Souverains abſolus dans l'amoureux empire,
Ils pourront, ſans qu'on puiſſe avoir rien à leur dire,
Imiter, à leur gré, les volages zéphirs,
Et promener partout leurs cœurs & leurs ſoupirs,
Tandis qu'on nous contraint à leur être fidéles,
Qu'on érige en devoir notre captivité ?
Ce n'eſt donc que pour eux que l'amour a des aîles ?
Ainſi tout le fardeau de la fidélité
Doit retomber ſur nous. Non, Seigneur, je vous jure,
Ce partage inégal n'eſt point dans la nature.
S'il eſt doux de changer, aux gré de ſes deſirs,
Nous devons avec vous partager ces plaiſirs.

GUSMAN.

Mendoce vous eſt cher.

AURORE.

Quelle idée eſt la vôtre ?
Ah ! Tout doit m'avoir fait renoncer à l'amour.
La paiſible amitié nous unit l'un & l'autre ;
C'eſt tout.

GUSMAN.

Vous me trompez vous-même à votre tour,
Et vous agréez ſon hommage.

AURORE.

Qui, moi ! Vous l'a-t-il dit? Entre gens de votre âge
On ne ſe cache rien ; & pour nous, ſans égard,
Soit par air, ou par imprudence,

Du

Du vrai comme du faux on se fait confidence.
Vante-t-il son bonheur? Là, parlez-moi sans fard.

GUSMAN.

Non, mais il vous adore, au gré de votre envie,
Car vous ne savez point enflammer à demi.
Hélas! Il ne sait pas qu'il m'arrache la vie,
Que vous m'assassinez par les mains d'un ami.

Elle sourit.

Que vois-je? Dans vos yeux, quelle joie insultante?
Ah, c'en est trop, je cours avertir mon rival
De craindre, en vous aimant, le sort le plus fatal;
Que naturellement votre ame est inconstante;
Que ce volage cœur, qu'il posséde aujourd'hui,
Demain prendra l'essor. Oui, je lui vais apprendre
Que vous m'avez aimé, sans doute plus que lui,
Car le premier amour est toujours le plus tendre.

AURORE *riant.*

Allez, il me connoît, il ne vous croira pas.

GUSMAN.

Vous fascinez ses yeux.

AURORE.

Ah, j'ai trop peu d'appas
Pour prétendre à cette victoire.
Et d'ailleurs, il sait tout, je ne lui cache rien.

GUSMAN.

Comment! Le cruel sait qu'il me ravit mon bien?

AURORE.

S'il vous étoit si cher, mais je ne puis le croire,
Gusman, l'auriez-vous hazardé
Comme vous avez fait? Vous l'eussiez mieux gardé.
Mais vous ne perdez rien.

GUSMAN.

Barbare que vous êtes,
Serez-vous sans pitié? N'est-il plus de retour?
Ne reprendrez-vous plus votre premier amour?

Il se met à genoux.

J'avoue, à vos genoux, les fautes que j'ai faites,
Et je ne cherche à me justifier

Que par mon désespoir. Oui, mon crime m'accable;
Rien n'est pourtant plus vrai, quoique je sois coupable,
L'idole à qui mon cœur sembloit sacrifier,
Ne s'est qu'en apparence attiré ma tendresse,
Je puis vous le jurer, ce n'est qu'une foiblesse;
Qu'un fol amusement, formé par le hazard,
Où l'amour, en effet, n'a jamais eu de part.
Pour un moment d'erreur dois-je perdre la vie?

AURORE.

Mais, je n'y pense pas; levez-vous, je vous prie.

GUSMAN.

Ah, vous craignez Mendoce, oui, je vois dans vos
yeux
Que vous appréhendez un amant furieux:
Qu'il vienne, je suis sûr que son ame attendrie.

Il entend du bruit.

Je ne crains plus sa jalousie.

SCENE XIII.

AURORE, GUSMAN, BEATILLE.

BEATILLE.

QU'AVEZ VOUS fait? Tout est perdu.

AURORE.

Comment?

BEATILLE *à Gusman.*

Fuyez.

GUSMAN.

Pourquoi?

BEATILLE.

Je suis toute transie.
Mendoce... Il a tout entendu.

AURORE.

Ah, Ciel!

GUSMAN.

Eh bien, je vais m'offrir à sa furie,
Qu'il prenne aussi mon sang.

AURORE.

Non, Dom Lope, arrêtez.

GUSMAN.

Ne craignez rien pour lui.

AURORE.

Restez.

Bas à Beatille.

Tout est-il prêt?

BEATILLE.

Oui.

AURORE.

Va.

SCENE XIV.

AURORE, GUSMAN.

AURORE.

QUAND vous pourriez le joindre,
Que feriez-vous? D'ailleurs, quand au gré de vos vœux,
Je reprendrois nos premiers nœuds,
Mon déplorable état ...

GUSMAN.

Cet obstacle est le moindre;
Au contraire, jamais je ne vous convins mieux,
Que depuis qu'un sort envieux
Vous ôta ces grands biens où vous deviez prétendre;
C'est leur perte qui fait mon titre le plus doux,
Qui m'approche & me rend bien plus digne de vous.
Pardonnez ce langage à l'amant le plus tendre.

AURORE.

Un homme tel que vous ...

GUSMAN.

Eſt tout, ſi vous l'aimez,
Et rien, s'il ne peut plus être au fond de votre ame.
Ah! Reprenons ces nœuds qu'amour avoit formez.

AURORE.

Mais ne brûlez-vous point d'une indiſcréte flamme?
Savez-vous qui je ſuis?

GUSMAN.

Liſez-le dans mes yeux.

AURORE.

Séparons-nous plûtôt, abandonnez ces lieux.

GUSMAN.

La fortune a changé, je changerois comme elle!
L'intérêt me rendroit inconſtant ou fidéle?
Ne vous reſte-t-il pas de quoi tout réparer?
Eſt-il dans l'univers des biens à comparer
A ceux dont votre amour me comblera ſans ceſſe?

AURORE.

Ah, Dom Lope!...

GUSMAN.

Achevez, confirmez ce regard.
En vous donnant à moi, pour prix de ma tendreſſe,
La généroſité ſera de votre part.

AURORE *lui donnant ſa main.*

C'eſt aſſez éprouver mon vainqueur.

PRE'LUDE.

SCENE XV.

AURORE, GUSMAN, BEATILLE *ſuivie de Danſeurs.*

BEATILLE.

A La nôce;
Allons, venez, arrivez tous.

GUSMAN.

Qui vient nous interrompre en des momens si doux?

AURORE.

Ce sont tous les gens de Mendoce,
Qui viennent applaudir à sa félicité.

GUSMAN.

Ah, ciel, que dites-vous ?

BEATILLE.

Que les soupçons s'enfuient,
Et qu'ici les plaisirs regnent en liberté.

SCENE DERNIERE.

LAZARILLE *& les Acteurs précédens.*

LAZARILLE *à Gusman.*

NOTRE Postillon jure, & les bêtes s'ennuient.

BEATILLE.

Va-t-en les réjouir, ou bien laisse-les là.

GUSMAN.

Mais quels sont ces apprêts, ces concerts ?... Je frissonne.
Cruelle, expliquez donc...

BEATILLE.

L'histoire, la voilà :
C'est qu'Aurore & Mendoce est la même personne.

GUSMAN.

Elle...

BEATILLE.

Et lui ne font qu'un.

AURORE.

Oui, je suis à la fois
La maîtresse & l'ami de tout ce que j'adore.
L'amour & l'amitié vous donnent tous les droits
Qui peuvent à jamais vous attacher Aurore.

GUSMAN.

Je respire, je vois, oui, tout est éclairci.

AURORE.

Me pardonnerez-vous aussi ?

GUSMAN.

Cette épreuve a comblé ma plus douce espérance;
L'amour s'augmente encor par l'heureuse assurance
D'avoir pû faire voir dans le fond de son cœur
Tout ce qu'on sent pour son vainqueur.

LAZARILLE *à Beatille.*

Parlez, n'êtes-vous pas aussi mon inconnue ?
Je vois qu'on pourroit bien m'avoir joué d'un tour.

BEATILLE.

Oui, je suis l'une & l'autre.

LAZARILLE.

Ah, fortune imprévûe !
Je suis hors d'embarras, allons, vive l'amour !

AURORE *avec étonnement.*

Beatille !

BEATILLE.

L'amour se gagne; mais qu'y faire ?

AURORE.

Ah, ah, son triomphe est complet.

BEATILLE.

Je ne sais pas comment il a fait pour me plaire.

LAZARILLE.

L'influence du maitre agit sur le valet.

GUSMAN.

La comparaison est jolie.

AURORE *à Beatille.*

Tu blâmois tant l'amour.

BEATILLE.

On change de folie.
Rions, chantons, dansons, célébrons l'heureux jour,
Où l'hymen est si bien d'accord avec l'amour.

DIVERTISSEMENT.

AIR *chanté par le Tabellion.*

VENEZ tous, que chacun s'enchaîne,
Au gré de ses plus tendres vœux;
Volez, c'est l'amour qui vous mene,
Je donne le droit d'être heureux.
Choisissez qui vous aime,
J'offre de combler vos desirs :
Je mets la sagesse elle-même
Entre les bras des plaisirs.

On danse.

Autre AIR.

Ah, qu'en aimant
Tout est charmant !
La nature
S'embellit à mesure
Qu'on aime plus tendrement.
Les fleurs d'une prairie,
Le murmure des eaux,
La douce mélodie
Des amoureux oiseaux,
Le zéphire
Qui soupire,
Tout parle au cœur,
Tout enchante,
Et tout chante
Nos feux & notre vainqueur.

VAUDEVILLE.

Le Tabellion.

VENEZ tous mettre à cette Loterie,
Les bons billets, prenez-en, je vous prie,
Espérez d'avoir un bon lot :
S'il ne vient pas, soutenez la gagûre,
Soyez discret, perdez sans dire mot,
L'éclat seroit le pis de l'aventure.

Qu'attendez-vous pour vous mettre en ménage?
Hâtez-vous donc, l'hymen veut un hommage,
Qu'on ne lui rend bien qu'aux beaux ans :
Vous aurez beau vous donner la torture,
Pour réparer les dommages du temps,
Il n'en est qu'un pour tenter l'aventure.

Tel qui m'entend, au déclin de son âge,
S'imaginoit qu'il pourroit en ménage,
Se faire un sort rempli d'appas :
L'amour, qui vit son antique figure,
En bon ami, ne lui conseilla pas ;
Eût-il bien fait de tenter l'aventure.

Une petite Fille.

J'ai mille amans, & lorsque j'en demande
Un pour époux, maman veut que j'attende,
Une plus heureuse saison :
Hélas ! Je sens que mon cœur en murmure,
Sans en pouvoir pénétrer la raison.
L'hymen est donc une grande aventure ?

Avec Thalie un Auteur s'emménage,
Comme un époux avec l'hymen s'engage,
Un doux espoir flatte leurs vœux :
La différence est qu'une nuit obscure
Cache au mari son destin malheureux,
Et l'Auteur sait sa funeste aventure.

FIN.

www.ingramcontent.com/pod-product-compliance
Ingram Content Group UK Ltd.
Pitfield, Milton Keynes, MK11 3LW, UK
UKHW020322220726
13923UKWH00003B/1317

9 782019 278373